KB146702

천년별곡

푸른도서관 ㉖

천년별곡

초판 발행 / 2008년 11월 10일

지은이 / 박윤규
펴낸이 / 신형건
펴낸곳 / 푸른책들

출판등록 / 1998. 10. 20. 제22-1436호
주소 / 서울 서초구 양재동 115-6 푸르니빌딩 2층 (우)137-891
전화 / 02-581-0334~5 팩스 / 02-582-0648
E-mail / prooni@prooni.com
www.prooni.com

ⓒ 박윤규, 2008

ISBN 978-89-5798-151-1 03810

＊잘못된 책은 구입한 곳에서 바꾸어 드립니다.
＊이 책 내용의 일부 또는 전부를 재사용하려면 반드시 저작권자와
푸른책들 양측의 서면 동의를 얻어야 합니다.

이 도서의 국립중앙도서관 출판시도서목록(CIP)은 e-CIP 홈페이지
(http://www.nl.go.kr/cip.php)에서 이용하실 수 있습니다.
(CIP제어번호: CIP2008002973)

천년별곡

박윤규 지음

푸른책들

차례

제1장 주목나무 공주

1

아소 님하, 당신은 아시나요?
일생 한 자리에서 하늘만 바라보는 한 그루 나무에도
얼마나 많은 사연이 켜켜이 숨겨져 있는지
몸통 가득 오밀조밀한 주름과 상처에도,
다람쥐가 집을 삼는 옹이구멍에도,
얼기설기 구부러지고 꺾인 가지 낱낱과

총총한 동그라미 나이테에도
깊고 깊은 사연이 아로새겨져 있음을.

아소 님하, 당신은 아시나요?
마르지 않는 우물물처럼 샘솟는 그 사연을,
나무들도 누군가에게 들려주고 싶어한다는 걸.
그리하여 나무들은 봄마다
불꽃같은 꽃봉오리를 천방지방 터뜨리고,
온몸 자욱하게 연둣빛 잎사귀를 내밀어 흔든다는 걸.

아소 님하, 당신은 아시나요?
새들이 날아와 가지에 앉을 때
나그네가 그늘에서 땀을 식힐 때
살랑살랑 실바람만 불어도
나무들은 온몸의 잎사귀를 흔들며 뒤채며
나이테 가득 고인 이야기를 전하려 한다는 걸.

아즐가, 하늘과 땅 사이에 홀로 선
한 그루 나무에도
강물처럼 깊고 깊은 한 생애가 있고
일국의 왕조가 피고 지듯
다시 쓸 수도 없는 역사가 있음을
아소 님하, 당신은 아시나요, 아시나요?

2

아즐가, 우람 장쾌하여라!
여기는 태백산 장군봉
저 백두에서 달려온 산줄기가
어영차, 한 번 커다란 둥지를 틀었다가
여러 갈래로 갈라져 뻗어가는 곳이지요.
장군봉 꼭대기에서 바라보는 봉우리들은
힘센 소 떼가 씩씩대며 달음질하는 풍경이랍니다.

장군봉 산마루에 큰 칼처럼 우뚝 서서
고고히 태백산을 지켜 온 주목나무들
개중에서도 나는 나이테가 가장 많아요.
어즈버, 내 나이는 몇 살이나 되었을까요?
천 년까지는 꼬박꼬박 헤아렸는데
그 후로는 헤아리지 않아 잘 모른답니다.
주목나무를 '살아 천 년 죽어 천 년'이라 하는데,
푸른 이파리를 달고서 천 년을 산 다음에도
나무의 영혼이 하늘로 가지 못하고
새 몸으로 태어나지도 못 하고
다시 천 년 동안 죽음의 잠을 자야 한다는 거지요
바야흐로 바로 그 시간이 다가오고 있어요
아즐가, 천 년의 잠에 빠질 때가 된 것이지요.

3

어즈버, 천 년!
참으로 길고 긴긴 세월이었어요.
그 아득한 날, 떡잎으로 돋아나 햇빛을 본 내가
태백산에서 가장 우람하고 큰 주목나무가 되기까지
얼마나 많은 시간이 흘렀을까요.
온 산천이 백설로 뒤덮였을 때도
푸릇푸릇 산을 호령하는 기상을 풍기던 나
뭇 짐승과 사람들에게까지 존경받던 때도 있었답니다.
그러나 세월은 모든 생명을 겸손하게 만들지요.
튼튼하고 억센 몸통과 가지는 꺾이고 비틀리어
비바람 눈보라에 숭숭 구멍마저 뚫리더니
지금은 허리춤 엇가지 하나에 간당간당 매달린
시든 이파리 몇 줌밖에 없으니
아즐가, 그 세월은 또 얼마이겠습니까?
더러둥셩 다리러디러 더러둥셩 다리러디러……

그러나 또다시 돌이켜 생각하면

아득아득 까마득 천 년 세월도
해가 한 번 뜨고 진 듯 짧은 듯도 하여요.
천 년 동안 뜨고 진 해가 하나이듯
애오라지 하나의 사랑과 기다림만 품고 살았기 때문이지요.
아소 님하, 귀 기울여 주세요
지금 바로 그 이야기를 하려는 참이에요.
노릇노릇 시든 마지막 이파리가 떨어져
천 년의 잠 속으로 까마득히 빠져들기 전에
천 년 동안 간직한 나의 사랑 이야기를
천 년 강물 소리로 들려주려는 거예요.
더러둥성 다리러디러 더러둥성 다리러디러……

해는 저물어 가고, 선득선득 바람이 불어요.
노을빛은 점점 짙어지고, 시간이 많지 않네요.
잠드는 순간까지 내 사랑을 기억하며
아름답고 슬펐고 영원이며 찰나였던
그 이야기를 다 할 수 있었으면 좋겠어요.
이 가을 저녁 쌀쌀한 바람에

내 마지막 이파리가 하르르 떨어지기 전에
더러둥셩 다리러디러 더러둥셩 다리러디러……

제2장 백 일의 사랑

1

어머니는 외로운 창포꽃 나는 꽃봉오리.
별궁 후원에 작은 연못이 있었어요.
그 연못을 돌며 물에 얼굴을 비춰 보는 것이
후궁과 후궁의 딸은 유일한 낙이었지요.
궁궐이란 그렇게 적막하고 갑갑한 곳이었어요
우리가 살던 별궁의 대문을 열고 나와도

역시 울타리가 높은 궁 안이었지요.
내시와 궁녀들은 표정도 없이 바삐 오가고
대신들은 표정을 감춘 채 무리를 지어 다니며
가끔씩 은밀한 손짓과 눈짓을 했지요.
위 증즐가 대평성대, 위 증즐가 대평성대
좋았던 옛날은 아득한 전설이 되었고
세상은 요란하고 어지러웠답니다.
전쟁과 반란 소식이 끊이지 않았고
궁궐 안 칼부림도 여러 차례였다는군요.
어느 절의 거대한 탑이 기울어졌다고도 하고
하얀 여우가 산꼭대기에서 궁궐을 향해 밤새 울었다며
천 년 왕조가 망한다는 풍문이 좌하다고도 했어요.
아바마마는 애써 웃음을 지어 보였지만
언제나 얼굴에는 서늘한 그늘이 가득했고,
위 증즐가 대평성대, 전설 같은 날들은 오지 않았답니다.

밤새도 울지 않는 적막한 밤,
느닷없이 어둠을 찢는 굉음이 터지고

궁 밖에 불꽃과 연기가 치솟았어요.
말발굽소리, 창칼이 부딪치는 소리가 별궁까지 들려왔지요.
소용돌이 함성이 더욱 커지는 자정 무렵,
마침내 궁문이 부서졌다고 했어요.
어머니와 나는 가마도 타지 못한 채
궁녀 복장으로 별궁을 허위허위 빠져 나왔어요.
나이 많은 궁녀 한 명이 따랐고
낯익은 청년 장수가 길라잡이를 했지요.
늘 아바마마 뒤를 지키던 호위무사였어요.
아즐가, 그의 얼굴을 확인한 순간
나는 뛰는 가슴을 지그시 누르며 웃음지었어요.
달리는 말의 갈기 같은 머리채가 너무 멋져서
언젠가는 내가 비단 띠로 꼭꼭 묶어 주리라 마음먹었던
아소 님하, 그 사람, 바로 그 사람이었거든요!

어둠 저편에서 군사들이 쫓아왔어요.
우리는 어두운 북쪽으로, 북쪽으로 달렸지요.
내가 산길을 뛰어가다 넘어지자

호위무사는 나를 옆구리에 차고 준마처럼 달렸어요.
치솟는 불길이 등 뒤에서 어른거리고
창칼소리와 함성소리가 덮칠 듯 따라오는데도
아즐가, 이상도 하죠.
나는 금빛 학을 수놓은 비단 띠만 떠올라
품 속의 비단 띠를 흘리지 않으려고 몸을 한껏 움츠렸답
니다.

2

얄리 얄리, 작은 새 가장 작은 새
나는 나는 한 마리 벌새였어요.
또 한 마리 벌새가 따라왔지요.
아즐가, 산비탈 철쭉은 산불로 타오르는데
벌새 두 마리 철쭉 꽃 속에 들어가 잠을 잤어요.
얄리 얄리 얄라리, 꽃잠 꽃잠이에요.
연지곤지 첫날밤 꽃잠이었어요.

꿈 속에서 또 꿈을 꾸었지요.
꽃 속에도 하늘이 새로 열렸어요.
저 하늘은 그대와 나 우리의 것,
두 마리 벌새는 마음껏 하늘을 날았어요.
얄리 얄리 얄라셩, 아무도 아무도 모르게
우리는 세상에서 가장 행복한 작은 벌새였어요.

뎅그렁 뎅그렁, 풍경소리가 새벽을 깨웠지요.
뜨락을 밟는 발소리와 목탁소리 염불소리,
새가 햇살을 털며 날아올라 짝을 찾는 소리뿐
깊은 산골짜기 절간은 아주 저 세상인 듯
고요하고 고요하고 너무나 고요해서
꽃이 피는 소리마저 들릴 듯했답니다.
우리가 도착한 그 곳은 태백산 깊고 깊은 골짜기
산 밖 세상의 전쟁을 아는지 모르는지
자꾸만 꽃피려는 나는 나는 어쩌라고
절정의 철쭉만 붉게 붉게 타올랐어요.

어머니와 궁녀는 무슨 소원이 그리 많은지
부처님 전에서 밤낮 없이 비손을 하였지요.
그 동안 나는 새장에서 풀려난 새처럼
태백산 골짜기 구석구석을 돌아다녔답니다.
날아라 날아 작은 새여,
가뭇없이 높은 하늘 마음껏 품어라.
그렇게 태백산은 자유로웠어요.
아무도 간섭하지 않고,
아무도 내 길을 막지 않고,
아무도 지켜 보지 않아서
아무것도 무섭지 않았지요.

아, 아무도 지켜 보지 않았다는 건 틀린 말이에요.
실은 내가 가는 곳 어디나 열 걸음쯤 뒤에서
소리 없이 지켜 보는 눈길이 있었거든요.
그 눈길은 보이지 않는 끈처럼 나를 묶어 매고
빙글빙글 얼레가 연을 희롱하듯

당겼다 놓았다 감췄다 풀었다 하였는데
그 때마다 팽팽하게 찌르르 울리는 그 느낌이 좋아서
나는 다람쥐처럼 달리고 숨고 애를 태우며
벌새처럼 훨훨 날아다녔답니다.
하지만 나는 고대 깨달았어요.
아무리 은밀하게 숨고 날쌔게 도망쳐도
언제나 그의 품 안에 있었다는 걸,
그의 품이 나의 하늘이라는 걸.
위 두어렁셩 다링디리 다링디리……

그래요, 철쭉꽃 붉은 내 사랑은 호위무사였어요.
나는 금빛 학을 수놓은 비단 띠를
삼단 같은 그의 머리채에 묶어 주었지요.
알 수도 없고 보이지도 않는 그의 마음마저
꽁꽁 묶어 버렸다고 내 맘대로 생각해 버렸지요.
아즐가, 그 때 내 나이는 열여섯 살,
내 가슴은 봄날 목련 봉오리처럼 부풀었고
그는 수줍게 움츠린 내 꽃술을 햇살처럼 톡 건드렸지요.

그 짧은 순간 번개와 천둥이 내 온몸을 통과했고,
나는 그만 활짝 피어 버리고 말았어요.
오호라, 태양 같은 내 사랑, 하늘같은 내 사랑!
궁에 갇혀 상상으로만 꿈꾸던 그런 사랑을
태백산 골짜기에서 엮어 가게 되었답니다.
얄리 얄리 얄라성 얄라리 얄라……

3

대웅전 앞 목백일홍
젖꼭지 봉오리 톡톡 터뜨리던 날
언제나 나를 지켜 보기만 하던 그이가
두 손에 무언가를 받쳐 들고 다가왔어요.
칡넝쿨로 타래를 엮어 둥근 관을 만들고
나리꽃 동자꽃 금마타리 은마타리 꽃을 꽂아
칠보 왕관보다도 빛나는 화관을
무사의 예법대로 무릎을 꿇고 바치는

그의 두 눈동자는 해와 달보다도 밝게 빛났고,
그의 숨결은 사향보다도 향기로웠답니다.
얄리 얄리 얄라셩 얄라리 얄라……

그 날 밤, 우리는 탑돌이를 했어요.
검푸른 하늘에 반달을 청사초롱으로 걸어 놓고
궁으로 돌아가면 혼례를 올리고
가시버시로 영원히 함께할 것을
맹세하고 거듭 거듭 맹세했답니다.
절간 아래 개울가엔 타닥타닥 모닥불이 타오르고
아즐가, 보이지 않는 곳에서 흘러온 물처럼 바람처럼
그의 모든 것이 내게로 스며들었지요.
모닥불은 우리의 사랑을 뜨겁게 달구었고
하나의 불꽃으로 타올라 끊임없이 일렁대며
덩더둥셩 덩더둥셩 위 덩더둥셩,
내 온몸을 북처럼 울리며 하늘까지 다다라
긴긴 은하수 되어 밤새 흘렀답니다.

4

태백산에서 지낸 날이 그 얼마일까요?
내 사랑과 함께 잠들고 함께 눈뜨고
밤과 낮을 잊은 채 훨훨 날아다니던 날들
오직 한 사람 외엔 아무것도 필요 없고
아무것도 보이지 않던 시간들
절정의 철쭉이 지고
백일홍이 피었다가 졌으니
백 일이 좀더 되었을 거예요.
백 일이 결코 짧은 날은 아니지만
천 년 세월에 비하면
떴다 고대 사라지는 새벽 별 시간만도 안 되지요.
그렇게 행복은 짧고도 짧았는데
아으 동동다리, 이별의 날이 찾아왔어요.

단풍도 고운 가을날 아침,
내 사랑은 분연히 칼을 들고 절간을 나섰어요.
아소 님하, 가지 마세요, 가지 마세요.
비단주머니처럼 내 허리춤에 달아 두고 싶지만
목련 봉오리 젖가슴 사이에 꼭꼭 숨겨 두고 싶지만
적에게 붙잡힌 아바마마를 구하겠다니
떼를 써서 말릴 수도 없었지요.

나는 장군봉에서 내 사랑을 보냈어요.
그 때 내 사랑과 맺은 맹세는
나이테 가장 깊은 곳에 아로새겨져
그 날만 떠올리면 북소리처럼 울려난답니다.
"기다리고 기다릴래요.
숨을 쉬는 내내 기다릴 거예요.
천 년을 살다가 죽어도 다시 천 년을 서 있는
장군봉의 주목나무처럼 기다리고 기다릴래요."
내 사랑은 가슴 가득 나를 안고 화답했어요.
"돌아오리다.

돌아오고 또 돌아오리다.
살아서 못 온다면 혼령이라도 훨훨
그대 품으로 돌아오리다.
저 주목나무들이 푸른빛을 잃지 않는 한
기어이 돌아오고 또 돌아오리다!"

아으 동동다리 아으 동동다리,
나를 힘껏 안았다가 떼어 놓은 내 사랑은
오색 단풍 너울지는 숲을 지나
계곡물에 단풍잎 흘러가듯
산마루 등성이 길로 아롱아롱 멀어졌는데,
나는 차마 울지도 못 하고 바라보기만 하다가
문득 산비둘기 한 마리가 날아올라
내 혼령인 양 내 사랑의 그림자를 따라가는데
그제야 꽉 찬 눈물보 툭 터지고 말았지요.
굽이굽이 핏빛 단풍 길, 내 사랑 멀어질수록
아으 동동다리, 눈물은 속절없이 흘러 흘러
깜박 내 사랑 사라지는 모습을 보지도 못 하고,

주목나무에 기대 주저앉아 울었답니다.
내 사랑 들을 새라 소리 죽여 울었답니다.
아으 동동다리, 아으 동동다리……

제3장 피고 지고

1

아소 님하, 오세요 돌아오세요.
얼레지 얼레지 핀 꽃길로 돌아오세요.
앙증스런 내 입술 얼레지꽃 닮았다기에
님 떠난 발자국마다 입맞춤하였더니
그대 돌아올 길 따라 입맞춤하였더니
입맞춤 자리마다 얼레지꽃 피었어요.

아소 님하, 오세요 돌아오세요.
꽃잎에 입맞추며 돌아오세요.
싫어 싫어, 다른 꽃은 보지도 마세요.
얼레지 얼레지는 시샘도 많답니다.
얼레지꽃 따라서 고대 돌아오세요.
처녀치마 곱게 입고 초롱꽃 받쳐 들고
가장 잘 보이는 곳에서 까치발로 기다릴 테니
아소 님하, 돌아오고 돌아오세요!

바람만 불어도 산마루에 올랐지요.
바람이 불지 않아도 산마루에 올랐어요.
새소리가 들뜨면 아침 일찍 장군봉으로 달려갔지요.
새소리가 슬픈 날은 어둡도록 장군봉에 서 있었어요.
먼 산 능선 굽이에 내 사랑이 나타났을 때
장군봉에서 가장 우뚝한 주목나무보다 먼저
까치발 내 모습을 발견할 수 있도록
내 사랑 능선만 바라보았지요.
내 사랑 돌아올 능선만 바라보았지요.

아즐가, 첩첩 이어진 능파(陵波) 너머엔
덩그러니 뭉게구름만 피어올라
그대 형상을 그렸다 지우고 또 그릴 뿐
아소 님하, 무심도 하여라.
얼레지 꽃술만 한 소식 한 자락 없다니.

꽃이 피면 돌아오리라, 꽃을 심었지요.
붉디붉게 피어서 여름 내내 지지 않은 백일홍
침실 앞에 심어 놓고 기다렸어요.
어긔야, 꽃이 피면 오시겠지.
아긔야, 꽃이 지면 오시겠지.
어제도 오늘도 아니 와도
아으 다롱디리, 내일은 오시겠지.
아소 님하, 오세요 돌아오세요.
그대 얼굴 잊을까 그리고 또 그리며
찬 서리에 떨어진 목백일홍 붉은 꽃잎
치마 가득 줍고 또 주웠어요.
어긔야 어강됴리 아으 다롱디리!

어즈버, 간절한 기도는 한 줌 재로 흩어지고
아바마마께서 왕조와 운명을 함께했다는 소식에
하늘이 무너진 듯 사흘을 울었지요.
그런데 참 이상도 하지요.
그 와중에 외람되게도 나는
무너진 하늘 한 귀퉁이에서 한 줄기 빛을 느꼈으니.
전쟁이 끝났으니 이제 내 사랑 돌아오겠지.
내 사랑 돌아오면 산새처럼 살아야지.
얄리리 얄라 가시버시 되어 살아야지.
나는 장군봉에 올라 아득한 남쪽을 바라보았어요.

2

보송보송 애기솜털 할미꽃
언제 자라 아장아장 시집갔나.

연지곤지 빨갛게 엊그제 피었더니

백두옹 되는 데는 삼칠일이면 족하지요.

내 사랑을 기다린 날도 그 것밖에 안 된 것만 같은데

젊어서도 할미꽃 늙어서도 할미꽃

어느덧 내 머리도 호호백발 되었어요.

서리 내린 머리카락 서럽지 않으나

장군봉을 오르내리기 힘에 겹고 겨워서

눈마저 침침하여 내 사랑을 못 알아보면 어쩔 거나

아즐가, 할미꽃 하얀 꽃술에 눈물 뚝 떨어뜨렸네.

돌아오세요, 기다릴래요.

천 년이라도 기다리겠다고 약속했는데

백 년도 못 기다려 서 있을 힘조차 없었어요.

나는 주목나무에 기대 빌었어요.

주목나무가 되어서라도 기다리게 해 달라고

아침 해에 빌고 저녁 달에 빌고

자정의 별들에게도 빌었어요.

혼령이 되어서라도 돌아올 내 사랑

가장 먼저 볼 수 있게, 가장 먼저 맞을 수 있게
주목나무 주목나무야,
우리 하나가 되자, 나와 함께 해다오.
다롱디리 우셔마득 사리마득 너즈세……

절간 주지 스님이 찾아와 말했지요.
사람이 다시 태어나려면 이삼백 년은 걸린다고
업보에 따라 더 빠르기도 하고 늦기도 한다고.
사람이 주목나무로 다시 태어난다면
살아 천 년 죽어 천 년이니
이천 년을 기다려야 다시 사람이 될 수 있다고.
나는 주저 없이 대답했지요.
삼천 년이라도 좋으니 주목나무가 되게 해 달라고
내 사랑과 함께한 백 일은
그 때까지 살아온 모든 시간보다 행복했으니
하루가 백 일처럼 길었고, 백 일도 하루처럼 짧기만 했으니
천 년 또 천 년 세월도 그러할 것이라고.
주지 스님은 고개를 끄덕이며 목탁을 두드렸지요.

다롱디리 우셔마득 사리마득 너즈세……

백일홍 서리 맞아 이지러지고
처마 밑 제비도 돌아간 날
고라니 슬피 우는 노을 속으로
해당화 붉은 해님이 떨어지는 즈음에
마지막 기운을 다 쓴 나는
늙은 주목나무 앞에 쓰러지고 말았어요.
가물가물 감겨 가는 나의 두 눈에는
바로 방금 전만 같은 그 옛날
떠나가던 내 사랑이 아른아른 되살아났지요.
능선 위로 너울너울 춤추며 달려오는 내 사랑
태양처럼 빛나던 내 사랑
한 줄기 바람에 안개처럼 사라졌지요.
그 순간, 나의 혼불이 몸뚱이에서 빠져 나와
반딧불이처럼 깜박이다가 가뭇가뭇 잠들듯이
깊고 깊은 어둠 속으로 까무룩 빨려들어갔어요.
다롱디리 우셔마득 사리마득 너즈세……

3

아즐가, 얼마나 긴 시간이 흘렀을까요?
그저 깜박 잠이 들었다 깬 줄만 알았지요.
햇살이 너무너무 눈부시었어요.
봄이었나 봐요.
바람소리와 새소리, 푸른 하늘과 구름
연둣빛으로 번져 가는 굽이굽이 능선 따라
낯익은 풍경이 그대로 나타났어요.
어긔야, 무슨 저승이 이런가 싶은데
그 곳은 바로 태백산 장군봉
내가 일생 동안 내 사랑을 기다렸던 그 자리였어요.
내 듣받이가 되었던 늙은 주목나무는
누군가 베어 가고 밑동만 남았고
그 앞에 주목나무 새싹이 돋아난 거예요.
나의 혼불이 새싹 속에 깃든 거였어요.

처음 태백산에 든 그 날처럼 그 날처럼
철쭉이 등성이마다 산불을 놓았고
나는 그 때처럼 설레며 새 삶을 시작했어요.
아희야, 고맙고 고마워라!
풋풋한 내 사랑의 얼굴은 여태도록 잊히지 않고
푸른 하늘 태양처럼 눈부시게 빛났답니다.

제4장 일월검

1

얄리 얄리 얄라셩, 나무여서 좋았어요.
하늘만 바라보고 살 수 있으니까요.
사시사철 푸른 나무여서 좋았어요.
한 가지 색깔로 한 자리에 붙박여서
태양 같은 내 사랑을 기다릴 수 있으니까요.
세월과 바람이 겉껍질을 벗겨 가면

오롯이 드러나는 보드랍고 붉은 몸뚱어리,
그런 주목나무라서 더욱 좋았어요.
한 그루 나무는 애오라지 하나의 사랑
하나의 그리움 하나의 기다림
한 가지 생각만 충만하니 일 년도 하루 같아
어느새 나는 아름드리 주목나무로 자랐답니다.
얄라리 얄라, 나이테를 그리며 내 사랑도 자랐답니다.

장군봉 산마루에서 나는
가장 크지는 않지만 가장 높은 곳에 섰으므로
많은 이들의 이정표가 되고 쉼터가 되었지요.
하늘에서 지친 새가 가지에 깃들이고
심마니 약초꾼이 내 그늘에서 다리쉼을 하고
스님도 목탁과 발우를 내려놓고 졸다가 가고
어떤 풍류객은 피리를 불어주기도 했답니다.
얄리 얄리 얄라셩 얄라리 얄라……
혹 내 사랑도 바람처럼 찾아오려나
오가는 사람마다 유심히 살펴보았지요.

그러나 내 사랑은 낮별처럼 어디로 숨었는지
적국의 죄수가 되어 영혼마저 갇혔는지
내가 매 준 비단 띠 끝자락도 보이지 않았답니다.
아소 님하, 그 멋진 머리채 한 올 보이지 않았답니다.

어즈버, 내 나이 이백 살 즈음
흉흉한 소문이 장군봉까지 들려왔어요.
북쪽 오랑캐가 쳐들어왔다는 거예요.
임금님도 피난을 가고 백성들은 떠돌이가 되고
집은 불타고 논밭은 쑥대밭이 되었다고요.
그 소문이 휭휭 불어 간 얼마 뒤
장군봉에 한 사내가 나타났어요.
아으 동동다리, 그 사람은 그 사람은
성큼성큼 다가오는 그 사내는
씩씩한 걸음새, 불끈 잡아 묶은 머리채
큰 칼을 멘 어깨도 눈에 익었어요.
오는 것인가, 내 사랑이 돌아오는 것인가?
몸통 깊은 곳에서 덩더둥셩 북이 울리고

잔뿌리에서부터 가지 끝까지 물관이 올록볼록
가지와 이파리들도 찌르르 떨렸지요.
온 산의 나무들도 한 번 파르르 떨었지요.

내 그늘에 들어온 사내가 삿갓을 벗었어요.
나는 화들짝 놀라 이파리가 바늘처럼 곤두섰어요.
사람의 눈이 어쩌면 그럴 수 있을까요?
슬픔과 분노로 가득한 눈에서 불꽃이 튀었고
꾹 다문 입술은 청동으로 만든 사람 같았어요.
다정하고 넉넉한 웃음을 지닌
봄날 햇살 같은 내 사랑과는 딴판이었어요.
나는 실망하여 가지를 축 늘어뜨렸고
더욱 사무친 그리움에 푸른 이파리 한 줌 떨어뜨렸답니다.
폭풍우 소나기 지나간 듯 후줄근해졌답니다.

청년은 큰 칼을 뽑았어요.
칼날에서 살기가 뻗쳐 나와, 나는 움찔했지요.

머리띠를 잘라 머리카락을 풀어헤친 청년은
칼로 해님을 겨누며 맹세했어요.
"검의 비법을 터득하기까지 이 산을 떠나지 않으리라!"
칼배에 해와 달이 새겨진 칼의 이름은 일월검이었어요.
내 사랑의 눈동자를 생각나게 하는 일월검이었어요.

2

청년은 언덕배기 아래 초막을 지었어요.
불도 피우지 않고 가랑잎을 깔고 지내더군요.
나는 도무지 이해되지 않았어요.
그는 밥도 해 먹지 않았거든요.
솔잎과 나무뿌리와 산콩을 따 먹고
바위틈에서 솟아나는 물을 마시는 게 전부였지요.
낮에는 짐승처럼 산봉우리와 골짜기를 뛰어다녔는데
이따금씩 산이 쩌렁쩌렁 울리도록 울기도 하고
누군가에게 악다구니를 퍼붓기도 했어요.

가끔씩 일월검이 녹슬지 않도록 갈기도 했는데
몹시도 슬프고 엄숙한 모습이었어요.
그렇게 칼을 갈 때마다 나는
그의 슬픔과 한이 사라지도록 기도해 주었지요.

뎅뎅뎅…… 절간에서 오경 범종이 우는 새벽
청년은 초막에서 나와 내 곁으로 다가왔어요.
그는 내 둥치 앞에 통나무를 잇댄 방석을 놓고는
동쪽 하늘을 바라보며 앉아 고요히 숨결을 골랐어요.
들이쉬고 내쉬는 그의 숨결은 너무도 고요해서
사람이 아닌 바위가 앉아 있는 듯만 했지요.
그렇게 한낮을 꼬박 지내는 날이 대부분이었어요.
저녁놀이 물들 때 다시 내 곁으로 돌아왔어요.
합장하고 지는 해에게 절을 한 다음 청년은
천천히 손발을 움직이며 춤을 추었어요.
안개가 산을 품듯 물이 계곡을 감고 흐르듯
위 두어렁셩 다롱디리, 춤을 추었지요.
얽힌 실타래를 풀어 내듯 부드럽게 부드럽게

위 두어렁셩 다롱디리, 춤을 추었어요.

낙엽이 지고 눈이 내려도 청년은 내 곁을 지켰어요.
사람이 이토록 오래 내 곁에 머물기는 처음이었지요.
시나브로 나는 청년과 정이 쌓여 갔어요.
새벽에 그가 내 곁으로 다가오면
내 마음은 그 때부터 해가 떴어요.
그가 달빛 아래서 깊은 한숨을 내쉴 때면
내 몸통 곳곳에 단단한 옹이가 맺히는 것 같고요,
그가 북쪽 하늘을 바라보며 어두운 표정을 지으면
내 마음도 구름이 잔뜩 끼어 가지들이 축 처졌어요.
그가 바위처럼 곁에 앉아 숨을 고를 때면
우리는 뿌리가 연결된 한 그루 나무라는 착각마저 들었지요.
내 사랑에 대한 맹세가 아니었다면
아즐가, 나는 그를 그만 사랑해 버렸을지도 몰라요.

어느 해 봄,

마침내 청년은 일월검을 뽑아들었어요.
비로소 칼 쓰는 법을 익히기 시작한 거예요.
내 가지 곳곳에 통나무를 매달아 놓고
베고 찌르고 휘두르며 검술을 익혔지요.
그 바람에 애꿎은 내 가지와 몸통이
잘리고 찢기는 상처를 입었지만
내가 그의 수련에 도움이 되는 듯해
느껍고 뿌듯하기까지 했어요.
그의 실력은 나날이 발전하여
사슴처럼 바람처럼 뛰며 칼을 휘두르며
달빛도 허공도 쪼개지는 듯했어요.
바늘 같은 내 이파리도 반듯하게 갈랐지요.
그럴수록 어쩐지 불안하고 허전해지는 내 마음을
아무리 생각해 봐도 알 수가 없었답니다.

3

어느 날 새벽 동이 틀 무렵
언제나처럼 청년은 내게로 다가왔는데
여느 날과는 아주 다른 모습이었어요.
목욕을 했는지 몸에서는 풋풋한 살 냄새가 났고
눈은 새벽 별보다 초롱초롱 빛났고
풀어헤쳤던 머리카락도 단정하게 묶어 맨 모습이었지요.
새벽 북두칠성을 향해 청년은 절을 올렸어요.
그리고 가만히 나를 쳐다보았어요.
아무 말도 없었지만 무언가 울컥 하는 기분에
내 물관들이 어지럽게 볼록볼록하였지요.

아즐가, 이별, 이별인가!
마침내 그 날이 온 것을 나는 알아차렸어요.
한동안 눈을 감고 묵상하던 청년이 눈을 뜨고는
천천히 소리도 없이 칼을 뽑았지요.
마지막 시험을 하려는 참인 걸 나는 알았지요.
칼을 다루는 자세는 전에 없이 엄숙하고 신중했어요.
무사의 이별은 이토록 매정한 것인가?

그는 이윽고 칼을 겨누고 자세를 가다듬었어요.
아름드리 내 몸통을 단칼에 베어
그 동안 쌓은 수련의 성과를 확인하려는 것인가?

아즐가, 벤다면 베어지리라!
문득 이런 생각이 들었다가
나는 이파리를 곤두세우고 소리쳤지요.
"안 돼, 안 돼요!
나를 베지 마세요!
내겐 지켜야만 하는 약속이 있답니다!"
나는 뿌리부터 우듬지까지 온몸의 기운을 토해 내며
내 뜻을 청년에게 전하려 했지만
그의 표정은 변화가 없었어요.
그의 칼만 더욱 예리하게 새벽 별빛을 퉁겨냈지요.

아으 동동다리 아으 동동다리,
어디선가 구슬픈 기러기 울음소리.

다음 순간, 산을 들었다 놓는 듯 우렁찬 기합
칼바람이 번개가 어둠을 쪼개는 듯하더니
순간 온 세상은 캄캄해지고 말았어요.
칼에서 뻗쳐 나온 검기가 세상을 두 동강 낼 듯 서늘했어요.
혼령이라도 돌아오리라고 한 내 사랑의 얼굴이
번개에 비친 듯 잠깐 나타났다 사라지고
나는 그대로 죽어 버리는 줄만 알았답니다.
하지만 아니었어요.
후드득, 하늘에서 기러기 세 마리가 떨어졌어요.
청년은 처음으로 웃음을 띠었어요.
"오, 드디어 완성했구나!"
아아, 칼의 기운이 먼 하늘까지 뻗쳐
날아가는 기러기도 떨어뜨릴 수 있다는
비홍검법(飛鴻劍法), 그것을 완성한 것이었어요.
아희야, 놀랍고 고마워라!
그건 언젠가 내 사랑이 완성하고 싶어했던
최고의 검법, 바로 그것이었어요!

청년은 처음 왔을 때와는 딴판으로
담담하고 평온한 얼굴이었어요.
내 마음을 읽기라도 한 듯이 그가 말했지요.
"주목나무야, 너도 누군가를 애타게 그리워하니?
너에게선 사무친 그리움의 향기가 나는구나.
내 사랑하던 사람의 향기처럼."
청년은 꼭꼭 숨겨 두었던 속내를 드러내보였어요.
"내가 나보다 더 사랑했던 사람은
저 북쪽 오랑캐에게 끌려갔단다.
가서 원수를 갚고 사랑하는 사람을 구하면
너를 찾아 다시 오마."
청년은 언젠가 내 사랑이 그랬던 것처럼
내 몸통을 한 번 안았다가 놓고서는
첫 햇살을 받으며 바람처럼 홀홀 떠났어요.

아으 동동다리, 가지 말아요.
멀어지는 그의 등에 쏟아지는 햇살이
눈이 아프도록 부시었고, 나는 울음이 차올랐어요.

등성이를 넘어가던 청년이 뒤를 돌아볼 때

나는 가지를 흔들며 우수수 푸른 이파리를 떨어뜨리고 말

았어요.

이윽고 그의 모습이 사라지자

채 익지도 않은 내 푸른 열매들이 후드득 떨어지고

그의 칼에 찔리고 베었던 상처가

아릿아릿 아파오기 시작했어요.

그를 부르고 싶은데, 소리쳐 부르고 싶은데

그 때까지도 나는 그의 이름을 몰랐답니다.

아으 동동다리, 그의 이름을 몰랐답니다.

제5장 동자꽃 아이

1

아즐가, 깊은 산골 소쩍새 둥지만 한 암자에
마음 따뜻한 늙은 스님과 눈 맑은 동자 스님 살았다지요.
어느 겨울 초입, 겨우내 먹을 양식을 장만하러
늙은 스님 먼 마을로 시주 탁발을 나가고
동자승 홀로 토끼 다람쥐랑 뛰놀며 기다렸지요.
앞산 뒷산 봉우리 오르내리며 술래잡기하고

암자를 빙빙 돌며 관세음보살 나무아미타불……

시주 길은 사흘 길, 낮도 밤도 길기만 한데
사흘째 그만, 때 이른 함박눈이 쏟아졌지요.
사흘 내쳐 내리던 주먹덩이 눈이 그쳤을 때
산으로 통하는 모든 길은 막혀 끊어지고
동자승은 발만 동동 굴렀지요.
우리 스님 오시다가 미끄러질라 낙상하실라.
스님도 먼 곳에서 발만 동동 굴렀지요.
우리 착한 동자 기다리다 애타서 죽을라,
추운데 기다리다 굶어 죽을라.
휘여 휘여, 눈길 나선 늙은 스님
산비탈에서 낙상하여 그만 다리가 부러지고 말았지요.

눈물바람 관세음보살 오매불망 우리 동자
긴긴 겨울 기도하던 늙은 스님,
눈이 채 다 녹기도 전 암자로 달려갔지요.

동자야 동자야, 산 입구에서부터 부르며 달려갔지요.
아픈 다리 절뚝이며 암자에 도착하니
벼랑 위 암자 입구에서 착한 동자 환히 웃고 있었지요.
살았구나, 동자야, 달려가 안아 보니
싸늘하게 굳은 채 웃고 있었지요.
불쌍한 우리 동자, 얼마나 외롭고 춥고 무서웠니.
장작불 훨훨 지펴 얼어붙은 몸 녹인 후에
양지 바른 산기슭에 고이고이 묻었지요.

위 덩더둥셩, 이듬해 봄날
산제비가 돌아와 지지배배 울 적에
동자 스님 무덤가에 파릇파릇 싹이 돋더니
주황색 동자꽃 한 송이 피어났지요.
눈 맑은 동자 스님 까르르 웃으며 피어났지요.

2

언젠가 주지 스님한테 들었던 동자꽃 전설이에요.
그 후 산비탈에 동자꽃이 필 때면
얼굴도 본 적 없는 착한 동자가
문득문득 구름처럼 떠오르곤 하였는데
세상에, 이게 무슨 조화 속일까요?
정말로 동자꽃 같은 아이가 찾아왔답니다.

동자꽃 방긋방긋 웃는 여름
이마를 하얀 광목으로 야무지게 동여맨
잘생긴 사내아이가 내 그늘로 찾아왔어요.
옳다구나, 얼굴도 본 적 없는 동자승이 있다면
바로 요렇게 생겼겠구나 싶은
눈이 맑고 착하게 생긴 아이였지요.
그 때 내 나이는 삼백 살
겨우 열두세 살이나 됨직한 아이가
작고 앙증스러워 정말 동자꽃만 같아서
가지라도 뻗어 꼭 안아 주고만 싶은데,

아이는 높은 산을 쉬지도 않고 올라왔는지
그만 풀썩 쓰러져 정신을 놓아 버렸답니다.

"애야, 일어나라.
동자꽃 아이야, 정신을 차리렴."
나는 맑고 좋은 기운을 듬뿍 내뿜어 주었지요.
이미 다 저문 해거름 저녁인데
이제 열세 살이나 되었을 법한 아이가
이 높은 산엔 어쩐 일일까?
궁궐을 떠나온 이후로 처음 보는 어린아이라서
반갑고 신기하기도 하지만 걱정이 앞서는데,
동자꽃 빛깔 노을이 스러질 무렵
아이는 개밥바라기별처럼 맑은 눈을 떴답니다.

"애야, 동자꽃 아이야,
어두워지면 늑대, 승냥이, 호랑이도 온단다.
어서 요 아래 절간으로 내려가렴."

아이는 내 말을 알아들었는지 못 알아들었는지
괴나리봇짐을 끌러 사발과 물병을 꺼내더니
정화수를 놓고 절을 하기 시작했지요.

신령님, 신령님, 어지신 신령님,
아버지는 전쟁에 나가셨는데 소식조차 없고요,
어머니마저 깜박 돌아가시게 생겼어요.
약 한 첩 살 돈도 없지만
의원도 소용없고 백약이 소용없대요.
어머니 병을 고칠 분은 태백산 신령님뿐이라고 해서
이렇게 찾아와 기도드려요.
살려 주세요, 신령님. 우리 어머니 살려 주세요.

3

동자꽃 아이는 기도하다 지치면 잠이 들고

잠에서 깨면 또 기도했어요.
나는 아이가 힘을 잃지 않도록
시시때때로 싱싱한 기운을 불어넣어 주었지요.
그러기를 며칠이나 지났을까요?
내가 신령님이라면 지쳐서라도 소원을 들어주겠건만
아뜰가, 하늘도 신령님도 대답조차 없었답니다.

동자꽃 아이 지쳐 쓰러져 못 일어나면 어떻게 하나,
못된 짐승들이라도 오면 어쩔 거나,
내가 기운을 불어넣어 줄 수는 있어도
못된 짐승의 발톱과 이빨을 막아 줄 수는 없는데
어쩔 거나 어쩔 거나 걱정만 쌓여 가는데
어기야, 칠흑 어둠 속에서 시퍼런 불빛이 번득번득
하나 둘 셋 넷 다섯, 늑대 무리였어요.
"어서 피해! 내 가지 위로 올라와!"
나의 외침은 아랑곳 않고 아이는 기도만 했어요.
어떻게 하나, 한 발 한 발 다가오며
푸른 달빛에 이빨을 드러내는 늑대들,

곤두선 내 이파리가 바짝바짝 마르는데,
문득 이상한 일이 벌어졌어요.
다가오던 늑대들이 멈칫하더니
팩 돌아서서 꽁지가 빠지게 도망치지 뭐예요.
죽은 제 동료 고기도 먹는다는
성질 고약한 승냥이들도 왔다가는
불에 덴 듯 놀라 줄행랑을 놓았고요.
커다란 가슴반달곰도 둥싯둥싯 찾아왔다가는
뒷머리를 긁적이며 어기적어기적 물러가는 거예요.

세상에, 이건 또 무슨 조화 속일까요?
나무도 오백 년쯤 살면 짐승들도 함부로 못 한다지만
나는 아직 그럴 만한 때는 아니었거든요.
어긔야, 이상도 해라 주위를 살피던 나는
늑대나 승냥이를 발견했을 때보다 더 놀랐답니다.
내 뒤편 큰 바위 뒤에 연등 같은 게 번득이지 뭐예요.
황소만 한 호랑이가 몸뚱이를 숨긴 채
동자꽃 아이를 노려보고 있었던 거예요.

아니, 아니, 노려보는 게 아니었어요.
태백산 신령님의 명이라도 받았는지
등불 같은 눈으로 동자꽃 아이를 지키고 있었답니다.

4

내 뿌리는 태백산 가장 힘찬 수맥과 닿아 있고
내 우듬지로는 태백산 기운이 하늘과 통하지요.
사람으로 치면 청년인 삼백 살 즈음의 나는
태백산에서 가장 강한 기운을 품고 있었답니다.
나도 동자꽃 아이의 심정이 되어 기도했지요.
온몸의 진액을 아직 푸른 내 열매로 모으고 모았어요.
다롱디리 우셔마득 사리마득 너즈세……
며칠을 기도하고 기도하니
내 푸른 열매들이 빨갛게 익었어요.

아침으로 가을 기운이 느껴지는 쌀쌀한 날
첫 햇살이 내 우듬지 끝에 닿을 즈음
"착하고 예쁜 동자꽃 아이야,
이것은 하늘과 태백산이 주는 선물이란다."
나는 열매 몇 알을 아이 앞에 톡 떨어뜨려 주었어요.
기도하던 아이는 무슨 꿈이라도 꾸었는지
"이게 그 약이로군요.
신령님, 고맙습니다. 고맙습니다!"
아이는 무수히 절을 한 다음 일어서서는
나를 꼭 안고 몸통에다 입을 맞추었지요.
아이의 입술이 화끈화끈 뜨거운 느낌이었는데,
그 찰나의 순간, 나는 동자꽃 아이가 되었나 봐요.
아이가 꼭꼭 감추었던 비밀을 알아챘거든요.
야무진 사내아이처럼 차리고 있었으나
실은 여리디 여린 계집아이였던 거예요.
언젠가 내 모습이었을 것 같은 그런 아이였어요.

아이는 어머니 병이 나았다는 소식이라도 들은 듯

함박꽃 밝은 웃음을 짓고 손을 흔들었지요.
"고마워, 주목나무야. 안녕, 또 만나."
나는 다시 사람이 된 나에게 하듯
아쉽고 그리운 마음으로 인사를 했답니다.
"잘 가. 너무너무 사랑스런 동자꽃 아이야."
나는 가지 끝을 살랑살랑 흔들어 주었지요.
동자꽃 아이는 외갓집 가듯 깡충대며 멀어져 갔고
황소만 한 호랑이가 지키며 따랐답니다.

동자꽃 아이가 떠나니 힘이 빠지고 허전해졌어요.
옹이구멍이 더 커지고 가지도 비틀어졌지요.
억지로 몸의 진액을 짜낸 탓이었나 봐요.
청년이 떠났을 때 오래도록 마음이 아팠는데
이번엔 몸이 아파도 마음은 한없이 즐거웠답니다.
긴긴 기다림에 지쳐가던 내가
그토록 간절한 소망을 가진 아이를 만난 덕분에
내 사랑을 향한 맹세를 다질 수 있었거든요.
동자꽃 아이처럼 그렇게 사랑할 수 있기를

그리하여 천 년의 약속을 지킬 수 있기를
다롱디리 우셔마득 사리마득 너즈세……

제6장 아, 일편단심!

1

어즈버, 어느덧 내 나이 오백 살
나는 태백산에서 가장 우람하고 창창한 나무가 되었어요.
그 즈음 짐승들도 함부로 내 앞으로 지나가지 않았고
심마니들은 내게 와서 합장 기도를 드리기도 했지요.
절간에 공부하러 온 선비나 스님들도
스승이라도 되는 듯 공대해 주었답니다.

나무 중에서도 주목나무가 된 것이 뿌듯하였는데
그것 말고도 자랑스러운 게 또 하나 있었답니다.
주목나무는 사시사철 푸른 줄 알지만
가을 끝 무렵에는 이파리가 짐짓 노르스름해지는데요.
그 때 곱게 물든 노을빛을 받으면
아즐가, 그 옛날 아바마마의 모습처럼
황제의 옷을 두른 듯 황금빛 나무가 된답니다.
그런 나를 사람들은 황홀한 눈빛으로 우러러보지요.
그러면 나도 잠시, 다시 공주가 된 듯 착각하기도 한답니다.

어긔야, 억새는 낭자하게 피어 넘실거리고
그 날도 황금 노을을 즐기고 있는데,
뜻밖의 손님이 나를 찾아왔어요.
수염이 억새꽃처럼 허연 노인장이었지요.
당황하게도 노인장은 나를 보자마자
무너지듯 주저앉아 통곡했어요.
그 울음이 뿌리를 울리는 듯 너무나도 통절하여
나도 온몸의 물관이 찌르르 울어 버릴 것만 같았지요.

대체 이 노인장은 누구이기에
내 몸뚱이를 붙잡고 하염없이 우는 것일까?

한바탕 눈물을 쏟고 난 다음
노인장은 더욱 놀라운 일을 벌였어요.
손가락을 깨물어 피를 낸 거예요.
그 빨간 피로 손가락 꾹꾹 눌러 글씨를 썼어요.
겉껍질이 비바람에 벗겨져 만질만질한 내 몸통에
한 자 한 자 정으로 새기듯 써 내렸지요.
一
片
丹
心
그제야 나는 노인장이 누구인지 알아보았답니다.
아즐가, 기억 속에서 한 젊은 선비가 떠올랐답니다.

2

한때 내가 숨어 살았던 절간에는
학문이 높은 스님이 대를 이어 살았어요.
종종 배움을 찾는 선비들이 그 분을 찾아왔지요.
무장처럼 큰 골격에 눈이 부리부리하고
활달하고 의기조차 넘치던 젊은 선비도 그 중 하나였어요.
선비는 해거름 녘이면 늘 장군봉에 올라왔어요.
내 몸통에 등을 대거나 어깨를 기대고는
그 날 공부한 것들을 낭송하곤 했지요.
때로는 시를 읊거나 노래를 부르기도 하고요.
그 때문에 나는 한동안 깊은 착각에 빠지기도 했답니다.
내 사랑이 돌아와 함께 지내는 양 말이에요.
심지어 나는 혼자 이런 말도 했답니다.
"당신의 영혼을 확인하고 싶어요.
혹 당신은 먼 먼 전생에 저 절간에 숨어 살았던
오래 전 사라진 왕조의 공주를 아시나요?"
그의 육신에서 영혼이 빠져 나온다면 알아볼 수 있을 텐데,
안타깝게도 전생 기억은 물어볼 수도 없었답니다.

젊은 선비는 오로지 한 가지 생각뿐이었어요.
"내 반드시 학문을 이루어
위로 임금님께 충성을 바치고
널리 착한 백성들을 이롭게 하리라!"
위 증즐가 대평성대, 위 증즐가 대평성대

어느 가을 끝 무렵,
선비가 절간에서 수업한 지 3년쯤 된 때였지요.
선비는 붓을 들고 내게로 다가왔어요.
그 날도 억새꽃이 낭자하게 피었고
황금빛 노을이 태백산을 물들이는 참이었는데,
선비는 붓에 먹물을 듬뿍 찍어
내 몸통에 일필휘지(一筆揮之)로 글을 써 내렸어요.
一
片
丹
心
그 순간, 내 마음 깊은 곳에도 같은 글씨가 새겨져

불도장을 찍은 듯 오래도록 뜨거웠답니다.

그 날 노을을 함께 본 후
선비는 다시는 찾아오지 않았어요.
가끔 함께 올라오던 스님의 말을 주워듣고 꿰어 보니
과거에 급제하여 임금님을 모시게 되었다더군요.
나는 선비가 소망하던 대로
일편단심 충절을 지닌 관리가 되기를 빌어 주었지요.
선비가 남기고 간 글씨는 비바람에 점점 바래어
이제는 흔적조차 희미해지고
선비도 가물가물 잊혀 갔지만
내 마음의 불도장은 여전히 남아 있었답니다.
아, 일편단심(一片丹心)!

3

아즐가, 사십 년도 더 되었나 봐요.

젊음으로 빛나던 선비가 백발 노인장이 되었으니까요.

피로 쓴 맹세 앞에서 노인장은 다시 울먹였어요.

"변함없이 푸르른 주목나무야,

변함없이 붉은 주목나무야,

부끄러워, 부끄러워 네 앞에 설 면목이 없구나.

무너져 가는 나라를 바로잡지도 못 하고

쫓겨난 임금을 따라가 섬기지도 못 하고

저 무도한 놈들과 싸우다 죽지도 못 했으니

못난 내가 부끄럽고 어리석구나!"

어긔야, 그랬던 거였어요.

왕조가 무너지고 새 왕조가 들어선 거예요.

나라가 바뀌는 회오리에서 퉁겨난 노인장은

젊은 날 맹세를 했던 이 곳으로 찾아온 거예요.

주목나무야, 많은 선비와 무장들이

새 왕조와 싸우다가 의연히 죽음을 맞았단다.

한데 나는 홀로 숨어 너를 찾아왔구나.

네 앞에 오면 그 때 젊은 날처럼
깨끗하게 될까, 용기를 갖게 될까, 찾아왔단다.
하지만 아무런 결단도 내리지 못하고
내 부끄러운 목숨 여기서 끊는 것을 지켜봐다오.

나는 가지를 휘저으며 소리쳤지요.
안 됩니다, 안 돼요. 다시 여기로 오셨으니
예전처럼 함께 노을을 바라보면서
시도 읊고 노래도 부르며
맺힌 한을 삭이고 원한을 잠재우세요.
나의 외침은 바람에 날리는 마른 이파리처럼 흩어졌지요.
임금이 계신 쪽을 향해 절을 하고 일어난 노인장은
준비해 온 긴 광목으로 올가미를 만들어
내 가지 한쪽에 척 걸쳤어요.
그리고 목을 올가미에 걸고는
천천히 바위 위에 올라섰지요.
이제 발만 바위에서 내려놓으면
고통이 없는 세상으로 까무룩 가는 거예요.

노인장은 마지막 한 마디를 내뱉었어요.

"주목나무야 주목나무야,

내가 죽어 젊은 날의 맹세를 새겨 놓은

네 몸 속으로 들어갈 수만 있다면

천 년 동안 변함없이 함께 살았으면 좋겠구나.

주목나무 붉은빛이 더 붉어져

일편단심 변함없이 살 수 있다면

내 부끄러움을 혹시라도 씻을 수 있을 테니 말이다."

나는 안 된다고 소리치면서도

마음 한켠에는 궁금증이 다시 일어났어요.

이 분의 전생은 어떤 영혼일까?

육신이 숨을 멈춰 영혼이 빠져 나오면

이 육신 속에 깃든 오래 된 영혼을 만날 수 있을 텐데.

이윽고 노인장은 바위에서 발을 내렸어요.

놀란 내 가지가 휘청하였고

노인장의 몸이 아래로 축 처졌지요.
말할 수 없이 답답하고 고통스러울 텐데
노인장은 약간 몸을 비틀어댈 뿐
신음소리도 내지 않고 그저 눈물만 흘렸어요.
아으 동동다리, 안 되는데, 안 되는데
거기 누구 없어요? 사람 살려요!
나는 이파리를 마구 떨어뜨리며 소리쳤어요.

노인장의 움직임이 줄어들고
실낱같은 숨소리마저 끊어질 즈음,
절간 쪽에서 스님이 사람들을 앞세우고 달려왔어요.
사람들은 부랴부랴 노인장을 나무에서 끌어내리고
올가미를 푼 다음 가슴을 눌러 숨통을 틔웠지요.
다시 숨을 쉬게 된 노인장이 땅을 치며 울었어요.
"어찌하여 나를 이토록 부끄럽게 만드느냐!"
"목을 매시는 건 아버님의 뜻이옵고
밧줄을 푸는 건 저희들의 뜻이옵니다."
아들들은 발버둥치는 아버지를 달랑 메고

다급히 절간 쪽으로 내려갔답니다.

한바탕 소동이 지나가자
한여름 태풍을 온몸으로 겪은 것 같았어요.
모든 가지에 힘이 빠지고 이파리가 우수수 떨어졌어요.
까닭 모를 울음이 뿌리 깊은 데서부터 터져 나와
나는 한동안 그저 바람에 가지를 맡기고
힘없이 이파리를 떨어뜨렸답니다.
황금빛 노을이 핏빛으로 짙어 갈수록
피로 새긴 몸통의 글씨가 뿌리까지 파고들었지요.
아소 님하, 일편단심, 일편단심!

제7장 섬나라 장수

1

어화 벗님들이여,
겨울 산마루 주목나무를 보았는가?
설백 천지에 푸른 장검으로 우뚝 서서
뿌리로 산을 감고 우듬지로 하늘을 받들었으니
그 옛날 복희씨가 타고 오르내리던
하늘과 땅을 잇는 사다리가 아닌가.

독야청청, 외로우면 또 어떠리.
천하 대장부의 호연지기로
바람을 부르고 눈보라를 다스리다가
고요한 달밤 제 멋에 겨워
어즈버, 천 년 세월을 낭랑히 노래하리라.

어떠세요?
칠백 살에 다다른 내 모습이 스스로 대견하여
노래 한 수 지어 불러보았답니다.
그 즈음 나는 태백산에서 가장 크고 아름다운 나무였어요.
쌍둥이처럼 마주보며 자란 두 가지는
다른 나무의 몸통만큼이나 굵었고,
칠백 년 눈보라와 비바람을 이겨 낸 가지와 몸통은
비틀리고 패이고 구부러져 세월의 깊이를 담았지요.
그럼에도 여전히 푸른 이파리는 가지마다 무성하여
햇살을 반짝반짝 퉁겨내며 산처럼 늠름했답니다.
태백산의 영험한 기운이 나에게도 가득 차
이 산의 짐승들도 내 뜻대로 부릴 수 있고

하늘의 기운을 받아 두루 나눠 줄 수도 있었어요.
이런 나를 두고 사람들은 이렇게 말하곤 했지요.
"이 주목나무가 곧 태백산이야!"
이렇게 모두들 나를 알아주었지만
내 가장 깊은 곳에 새겨진 사랑과 기다림은
사람도 짐승들도 풀꽃들도 몰랐답니다.
아소 님하, 나의 사랑 나의 기다림은
나이테 가장 깊은 곳 불씨로 숨겨 놓았답니다.

2

장군봉은 겨우내 백설로 가득하지요.
그 날 또한 그랬답니다.
먹구름 가득하고 눈보라도 맵차서
낮인지 저녁인지 구분되지 않았어요.
그래도 주목나무들은 눈을 잔뜩 인 채로
의연하게 바람을 다스리고 있었는데,

그 험한 날씨를 뚫고 병정들이 몰려왔어요.
여름 초입부터 전쟁 소문이 무성하더니
오호라, 동쪽 바다를 건너온 섬나라 침략꾼들이었어요.

"이 나라 정기가 태백산에 몰려 있다.
이 세찬 눈보라 속에서도 푸른 갑옷을 입고
당당하게 선 저 주목나무들을 보라.
저것들을 베어 버리지 않고서는
결코 우리는 이 나라를 이길 수 없을 것이다!"
수염이 철사처럼 억센 장수가 소리쳤지요.
그가 장검을 뽑아 휘두르자
아름드리 주목나무가 싹둑 잘리지 뭡니까.
졸개들은 도끼로 주목나무들을 치기 시작했어요.
"안 된다, 이놈들!"
나는 눈보라를 거세게 일으켰어요.
섬나라 장졸들은 방패로 눈보라를 막으며
막무가내 도끼질을 멈추지 않았지요.

나는 우우 소리를 질러 태백산 짐승들을 불렀어요.
곰과 늑대와 승냥이가 몰려들었어요.
태백산 짐승들은 사납게 부르짖었어요.
졸개들이 겁에 질려 도끼질을 멈추었는데,
장수는 조금도 동요하지 않더군요.
그는 침착하게 기름 먹인 솜방망이에 불을 붙였어요.
그래도 다가오는 짐승들은 단칼에 목을 잘라 놓았고요.
다른 짐승들은 겁에 질려 감히 다가가지 못했지요.

3

"바로 이 나무다.
이 주목나무만 베면 조용해질 것이다!"
섬나라 장수가 내게 칼을 겨누었어요.
그의 눈빛은 칼날보다도 더 매섭게 빛났지요.
아, 그런데 이게 무슨 일일까요?

처음 보는 얼굴인데도 낯설지 않았어요.
오래 사귄 절간의 스님이라도 되는 듯
다정스럽고 살가운 느낌까지 들지 뭐예요.
심지어 그의 칼에 가지 하나쯤 내어주고 싶었어요.

하지만 그럴 수는 없는 일
나는 태백산의 정기로서 책임이 있고
또한 목숨보다 소중한 약속을 지켜야 하니까요.
일생일대의 대결에 맞닥뜨린 참이었지요.
나는 뿌리 깊은 데서부터 기운을 끌어올렸어요.
그 기운을 뻗어 구름을 걷으려 했지요.
그런 내 몸에서 은은하게 빛이 어리고
드센 기운이 뻗쳐 나왔어요.
섬나라 장수는 내게 칼을 겨누기는 했지만
함부로 휘두르지는 못 했어요.
그의 칼과 내 몸에서 뿜어대는 기운이 부딪쳐
위 두어렁셩 위 두어렁셩, 징이 우는 소리를 냈지요.
장수의 이마에 땀이 송골송골 맺히고

나도 모든 물관들이 활시위인 양 팽팽해졌어요.
그렇게 마주보고 있노라니 정말이지, 정말이지
어디선가 만난 듯 낯익은 느낌이었어요.

이윽고 구름 한가운데가 갈라지며 햇살이 드러났어요.
햇살은 세마포 하얀 천처럼 내 우듬지로 내리비쳤지요.
그 순간, 나는 하늘과 땅의 기운을 합쳐 세차게 내뿜었어요.
"어엿차!"
그러자 폭풍 눈보라가 몰아쳤어요.
바늘 같은 내 이파리들이 함께 날아갔지요.
장수가 칼을 쥔 채 나뒹굴고
졸개들은 비명을 지르며 눈 속에 처박혔어요.
내 이파리가 살갗에 꽂혀 고슴도치처럼 된 졸개들은
두려움에 사로잡혀 와들와들 떨었지요.
하지만 섬나라 장수는 벌떡 일어나
멀쩡한 얼굴로 다시 칼을 고쳐 잡았어요.

하늘은 점점 파랗게 열려가고 있었어요.
이번에 나는 따뜻한 기운을 내뿜었어요.
"나는 당신이 무섭지 않아요.
그만 칼을 거두고 돌아가세요."
섬나라 장수의 눈빛이 점점 부드럽게 변하더군요.
그러던 어느 순간 그는 칼을 툭 떨어뜨렸어요.
"아, 우리는 결코 이기지 못할 것이다.
이 나라 강산의 정기는 강하고도 온유하다.
전쟁만 아니라면 이 주목나무 아래
초막을 짓고 살고 싶구나."

섬나라 장수는 졸개들을 거느리고 돌아섰어요.
푹푹 눈길에 발자국을 만들면서
아쉽고 아쉬운 듯 돌아보며 멀어졌지요.
그의 모습이 점점이 멀어질수록
서글프고 허전한 느낌이 내 온몸을 휘돌았어요.
정말이지 참 이상한 일이었어요.
나를 베려고 쳐들어온 침략꾼일 뿐인데

더 혼쭐을 내서 쫓아내야 할 침략꾼일 뿐인데
내 마음 한 구석이 휑하니 비게 하다니
내 사랑의 얼굴이 그의 뒷모습에 어른거리게 하다니
아소 님하, 그대는 어느 하늘 아래 계시기에
여태까지, 여태까지 소식 한 장 없나요?

제8장 원망

1

눈 녹는 양지뜸
햇살 먹고 노루귀 피네.
노루귀는 알지.
새싹 돋는 소리 꽃잎 벙그는 소리
짐승들 발소리 이야기 소리
가만가만 들으며 꽃술 쫑긋 세우는

자주색 노루귀야, 피지나 말아라.
나 이제 억 년 침묵으로 돌아앉은 바위 되어
나 이제 아무 소리도 듣지 않으리.
꿈조차 기다림에 지쳐
산 너머 바람만 일어도
잠자던 귀가 번쩍 뜨이는
설렘도 놀람도 지쳐
깜박 깜박 속는 것도 지칠 대로 지쳐
나 이제 기다리지 않으리.
바람에 간들간들 자주색 노루귀야
눈 녹듯 지려마, 바람 따라 지려마.
아즐가, 나 이제 천 년 바위 되리니
노루귀 누루귀야, 피지나 말아라.

구백 년에서 천 년 사이
그 백 년 동안은 지난 모든 세월보다도 힘들었어요.
물론 그 때까지 내 사랑은 돌아오지 않았고
기다림에 지쳐 원망이 독버섯처럼 자라기 시작했지요.

무정하고 야멸친 거짓말쟁이
혼령이라도 돌아오겠다던 약속을 믿고
천 년을 서서 기다렸는데
단 한 번이라도 찾아와 하룻밤 정한이라도 풀어야지.
아소 님하, 나를 잊으셨나요, 정녕 나를 잊으셨나요.

원망은 미움을 낳고 미움은 분노를 키웠어요.
나는 날마다 분노에 온몸을 떨었어요.
야속한 내 사랑 바늘 이파리로 찌르고 또 찔렀지요.
이제 내 몸피는 더 자라지도 굵어지지도 않았고,
가지는 하나 둘 삭아서 부러지고
몸통에는 구멍이 숭숭 뚫리고
그 무성하던 이파리는 나날이 줄어들었지요.
나는 원망 섞인 저주를 멈추지 않았어요.
"산이여 불타 버려라!
하늘이여 바다여 뒤집어져라!"
원망은 점점 자라 독기를 뿜기 시작했고,
그런 내가 무서운지 짐승들은 다가오지도 않았지요.

2

참 희한한 일이었어요.
내가 힘을 잃고 원망을 일삼자
태백산도 금수강산 묏줄기도 힘을 잃어가더군요.
나무와 짐승들도 시들하고
사람들도 기개가 나약해지는가 싶더니
급기야 나라를 빼앗겼다는 소식이 들려왔어요.
오래도록 이 강산을 노리던 동쪽 섬나라가
기어코 해일처럼 밀려와 이 나라를 삼켰다네요.

잘코사니!
나는 쾌재를 부르며 즐거워했지요.
내 사랑도 이 강산 어딘가에 다시 살고 있다면
모든 것을 잃고 빼앗기는 고통을 당하리라 생각하면서

저주에 저주를 더하면서
다롱디리 우셔마득 사리마득 너즈세……

그렇게 긴긴 천 년이 지나가 버렸나 봅니다
나는 천 살이 넘었고, 나이를 헤아리지 않게 되었지요
그런데 이 강산의 비극은 그치지 않았어요
나라가 두 동강이 나고 말았다네요.
그러고는 고대 전쟁이 터졌어요.
지금까지 볼 수 없었던 무서운 전쟁이었지요.
청명한 하늘에 천둥 번개가 요란하고
무쇠로 만든 새가 날아다니며 벼락을 떨어뜨렸고
산도 들도 집도 마구 불타더군요.
지금까지 듣지도 보지도 못한 참혹한 아귀다툼
아으 동동다리, 겨레끼리 편을 나누어 싸운다더군요.

어구야, 이건 아닌데, 이러면 안 되는데
문득 정신을 차린 나는 뿌리가 들썩이도록 놀랐어요.

원망으로 보냈던 수십 년 사이에
몰라보게 망가진 내 몸뚱이를 발견한 거예요.
주홍빛 비단 같던 몸뚱이는 회색으로 썩어 가고
구백 년이 넘게 푸르렀던 내 무성한 이파리는
볼품없이 시들어 떨어지고 말았어요.
밑둥치의 옹이구멍은 속이 다 패여서
텅 빈 집처럼 되어 동굴처럼 되어
바람이 불 때마다 귀신 울음소리를 냈지요.
그제야 나는 깨달았답니다.
사랑할 때는 천 년도 하루 같지만
미워하면 하루도 천 년이라는 것을,
사랑하는 동안은 언제나 빛나는 청춘이지만
미움과 원망을 품으면 금세 늙고 만다는 것을.
아즐가, 층층 탑을 쌓기는 시난고난 어렵지만
와락 허무는 것은 찰나의 순간임을
무너진 탑은 다시 서기 어려움을
아으 동동다리, 아으 동동다리……

제9장 그리운 소년병

1

안녕, 잘 가라. 멀리멀리 휘이워이 훨훨
나는 뻐꾸기를 날려 보냈습니다.
내 우듬지 산비둘기 둥지에서 깨어난 뻐꾸기
때가 오면 바람처럼 날아갈 철새
너는 원래 내 것도 아니었지.
나 홀로 붙잡는다고 머물지는 않겠지.

가라 가라, 큰 바다 건너 날아가라.
그렇게 내 사랑도 훨훨 날려 보냈지요.
사랑이란 애초부터 없었음이니
아무것도 붙들지 않고 아무것도 기다리지 않고
나 이제 텅 빈 고사목이 되리라.
무심히 햇빛에 몸을 맡기고
몸통은 비틀리고 가지 뿌리까지 말라
새가 날아와도 바람이 노래해도 춤추지 않으리.
죽고 죽어 깊고 깊은 천 년 잠에 빠지리라.

부드러운 바람에도 맥없이 이파리를 떨어뜨리며
나는 하루하루 말라갔어요.
무심, 무심하여라. 생각도 말자.
구름을 보며 마음을 구름에 얹어 버리고
바람이 불면 마음을 바람에 실어 보냈어요.
그렇게 잊으리라, 잊으리라 다짐하는 것은
끝끝내 잊지 못한 탓이라는 걸
결코 잊을 수 없다는 걸 알면서도

날마다 잊자고 잊어버리자고 주문을 걸었어요.
다롱디리 우셔마득 사리마득 너즈세……

2

산과 들이 불타고
내 묵었던 절간도 절반이나 부서지고 무너졌는데
전쟁이 아직 끝나지 않았나 봐요.
하늘에는 벼락을 실은 무쇠 새가 날고
산 너머에선 지축을 울리는 굉음이 멈추지 않았어요.

바람조차 화살을 무더기로 쏘는 듯이 부는 저녁
한 떼의 병정들이 들이닥쳤어요.
쫓기는 자와 쫓는 자가 쇠막대기로 불을 뿜어댔어요.
쇠막대기는 창칼과 불화살보다도 무서웠지요.
천둥 번개를 뿜으며 쇠구슬을 날렸는데

그 작은 쇠구슬에 아름드리 주목나무들이
가지가 부러지고 몸통에 구멍이 숭숭 났어요.
사람이 맞으면 비명도 못 지르고 죽어갔지요.

천 마리 소를 잡은 듯 핏빛 노을이 하늘을 물들이고
어둠이 골짜기를 덮어갈 무렵
지친 병사 하나가 내 앞으로 달려왔지요.
사냥꾼에게 쫓기는 사슴처럼 겁에 질린 병사는
아즐가, 솜털이 보송보송한 소년병이었어요.
쫓는 자들은 천둥소리도 요란하게 달려오는데
산마루라 숨을 곳도 없고
지칠 대로 지쳐 도망칠 힘도 없는 소년병은
다짜고짜 빈 집 같은 내 옹이구멍으로 몸을 디밀었어요.

어서 오너라, 아이야
얼마나 무섭고 힘들었니.
나는 천 년 묵은 태백산의 주목나무, 너를 받아 주마.

영험한 기운으로 옹이구멍을 더 크게 열어
강보로 아기를 싸안듯 소년병을 안아 들였어요.
그리고 껍질을 감싸 버리고
이파리로 남은 가지들을 늘어뜨려
옹이구멍 틈도 보이지 않게 감추었지요.
숨을 헐떡이며 달려온 쫓는 자들은
내 주위를 휭 둘러보고는
사냥개처럼 절간 쪽으로 우르르 달려갔답니다.

3

금세 어둠이 내리고
바람도 잠든 하늘에 총총 별이 떴어요.
아이야, 이제 괜찮아.
그만 내 품에서 나오렴.
움츠렸던 옹이구멍을 살며시 열던 나는
화들짝 놀라 움직임을 멈추었어요.

소년병은 쓰러진 듯이 잠이 들었는데
그의 몸은 빈 집 같은 내 옹이구멍에
원래 한 몸인 양 꼭 맞았답니다.
그 사실을 깨닫는 순간
덩더둥성 덩더둥성, 북소리가 났지요.
땅 아래 아득한 곳의 잔뿌리부터
수많은 물관에 생기가 돌고
몸통 가지 이파리에도 싱싱한 기운이 차올랐어요.

아아, 이 느낌은 낯설지 않아.
충만한 느낌, 완성된 이 느낌!
처음이 아니야, 처음이 아니야.
천 년 하고도 오래 전 그 어느 날 밤
개울가에 모닥불 일렁대며, 일렁대며
내 사랑과 하나의 불꽃이 되어
구만 리 은하수까지 타오르던 그 느낌!
그래 그래, 바로 그 느낌이야!

덩더둥셩 덩더둥셩, 다시 북소리가 났지요.
그것은 심장이 뛰는 소리였어요.
나무로 천 년을 넘게 살았는데
몸통 어딘가에 사람의 심장이 남아 있었나.
아니, 아니, 아니에요.
그것은 소년병의 심장이 뛰는 소리
그 소리가 잠자던 내 심장을 뜨겁게 깨웠지요.
위 두어렁셩 두어렁셩 다롱디리……

온몸이 뜨거운 기운으로 가득 차오르는 순간
먹장구름 사이로 파란 하늘이 열리고
번개가 어둠을 가르듯, 나는 깨달았답니다.
아즐가, 천 년 약속 이루어졌구나!
내 품에 안겨 잠든 소년병은
지친 사슴처럼 잠든 그 아이는
천 년 전 손을 흔들고 떠난 내 사랑
아소 님하, 천 년 만에 돌아온 내 사랑이었어요.

나는 모든 영험하고 좋은 기운을 우려내어
소년병을 깊이 깊이 감싸 안았어요.
상처를 치료하고 심장과 마음까지 어루만졌지요.
소년병은 편안한 얼굴로 깊은 잠에 빠졌고
내 온몸에는 열여섯 살 그 때처럼 생기가 돌았어요.
뿌리에서부터 몸통 가지 우듬지까지
화르륵 펑펑, 얼레지 백일홍 동자꽃 노루귀 일제히 피고
아소 님하, 내 영혼도 한 송이 애기나리로 피었답니다.

그 날 밤, 사랑을 깨닫는 순간 세상의 모든 별들은
내 속에서 눈부시게 빛을 터뜨린다는 걸
번쩍 깨닫는 그 찰나의 순간, 하늘의 축복일까요?
문득 이승과 저승의 경계가 사라지고
사랑을 맹세하던 그 때 그 모습으로
나의 영혼이 주목나무에서 빠져 나왔어요.
내 사랑의 영혼도 소년병의 몸에서 빠져 나왔지요.

아소 님하, 눈부신 얼굴 삼단 같은 머리채에
내가 묶어 준 비단 끈도 그대로였어요.

어떻게 말을 하리, 천 년 기다림을.
무슨 말이 필요하리, 천 년 그리움인데.
우리는 한 마리 새가 되어 날아올랐어요.
가장 크고 가장 아름다운 새 봉황이었어요.
서로 서로 한쪽 날개가 되어
유성처럼 태백산을 한 바퀴 돌고
은하수까지 두리둥실 훨훨 날아올랐지요.
이 하늘에서 저 하늘 끝까지
찰나에서 영원까지 훨훨
더러둥셩 다리러디러 더러둥셩 다리러디러……

4

어느덧 아침이 밝았어요.
천 년 만에 함께한 밤은 너무나 짧고도 짧아
이별의 아침이 밝아온 거예요.
눈을 뜬 소년병은 내 품에서 나오려 했어요.
나는 몸을 열어 주지 않았지요.
이대로 내보내면 다시 빈 집이 된 내 몸뚱이는
한 줌 재가 되어 바람에 날려 갈 것만 같았거든요.

"고마워, 주목나무야."
소년병은 아침 햇살처럼 환히 웃으며
내 속살과 옹이 테두리를 쓰다듬어 주었어요.
사람이 나무 속에서 살 수는 없는 일,
나는 가만히 움츠렸던 몸을 풀어 주었고
소년병은 미끄러지듯 살며시 빠져 나왔지요.
소년병은 한 손에 쇠막대를 들고 손을 흔들었어요.
"안녕, 세상이 평화로워지면 다시 찾아올게.
갈라진 나라가 하나 되면 다시 찾아올게."
아소 님하, 가지 마세요!

아소 님하, 가지 마세요!
나의 애원은 아침 햇살에 부서지고
소년병은 내 몸통에 입을 맞춘 다음 떠났어요.
천 년 전 자신이 떠났던 길을 따라
강물이 흘러가는 조각배인 양 넘실넘실 떠나갔어요.

밤새 맺힌 진주 같은 아침 이슬과
푸른 이파리를 몇 줌 떨어뜨리긴 하였지만
나는 울지 않았어요.
소년병이 가는 길에 해코지가 없도록
좋은 기운을 불어 주고 기도해 주었지요.
안녕, 귀여운 내 사랑
가만히 가지를 흔드는 여유까지 부리며 나는
물이 가득 고인 호수처럼 출렁거렸어요.
다시 홀홀 혼자가 되면
허전한 빈 집이 될 줄만 알았는데
소년병을 내보낸 후에도 여전히
내 몸 속엔 무언가가 충만했거든요.

아, 그것이 알짜 사랑일까요?
내 사랑은 내 품에서 빠져 나와 떠났지만
나는 내 사랑을 보내지 않았답니다.
아소 님하, 내 사랑을 보내지 않았답니다.

제10장 영원한 만남

1

사랑해서 아프니?
그게 사랑이란다.
그리워서 아프니?
그게 사랑이란다.
아프고 아프면서 사랑은
깊어지고 넓어진단다.

새들아 사랑하렴.

나비, 꽃들아 사랑하렴.

나무도 사랑을 한단다.

모든 살아 있는 것들아,

사랑을 다해 사랑을 하여라.

그리하면 스스로 사랑이 되리니

모든 생명은 마침내 사랑으로 완성되리니

다롱디리 우셔마득 사리마득 너즈세……

훙보지 마세요.

무시하지 마세요.

애오라지 천 년을 사랑으로 살아온 주목나무의 말이니

한 번쯤 너그럽게 고개 끄덕이며 들어주세요.

"하, 천 년 세월이 훤히 보이는구나!"

요즘 나를 본 사람들이 자주 하는 말이에요.

내 몸 속은 목관 악기처럼 텅텅 비어

작은 바람에도 휘휘 노래를 부르고
옹이구멍은 아주 크게 뻥 뚫려서
거기로 산도 보이고 하늘도 보이거든요.
아즐가, 나는 그렇게 자연스레 늙어갔답니다.
애타는 그리움도 안타까움도 없었지요.
그렇다고 사랑을 포기한 건 아니에요.
얄리 얄리 얄라셩 얄라리 얄라,
마음만은 여전히 열여섯 살 그 때같이
스스로 충만하여 모든 것을 사랑하면서
비바람 눈보라에 그저 고개를 끄덕이며
남은 이파리마저 홀홀 떨어뜨리고
바야흐로 천 년의 잠에 빠질 날을 맞게 된 거예요.

얄리 얄리 얄라리, 바람이 부네요.
황금빛 노을이 아름다워요.
노을빛 물든 내 이파리들이
사르락 사르락 첫눈처럼 떨어지고 있어요.
아즐가, 이제 긴긴 이야기를 끝내야 할까 봐요.

아, 내 사랑이 다시 돌아오지 않았느냐고요?

그럴 필요가 어디 있겠어요.

내 사랑이 소년병으로 처음 찾아온 것도 아니었는데.

원한을 품은 청년 무사가 되어

갸륵한 동자꽃 아이의 모습으로

일편단심 맹세하던 충신으로

칼을 든 섬나라 장수가 되어서라도

거듭 거듭 태어나 사는 동안 내 사랑은

한 번도 빠짐없이 나를 찾아왔던 거예요.

그 사실을 깨달은 뒤 나는

내 사랑을 뿌리부터 우듬지까지 가득 채우고는

단 한 번도 보내지 않았는데

무얼 다시 애타게 기다리겠어요.

나는 그이고 그는 나이니

우리는 하나로 이미 충만하고 완전한 것을.

얄리 얄리 얄라성 얄라리 얄라······

노을 비낀 구름은 이불처럼 포근하고
바람조차 훈훈하고 달콤하네요.
천 년 긴 잠도 하룻밤 단잠처럼
짧고 아늑할 것만 같아요.
지금까지 내 이야기에 귀 기울여 주신 모든 이여,
안녕, 안녕, 안녕히……
이제 남은 이파리를 마저 떨어뜨리렵니다.
열둘 아홉 일곱…… 셋 둘, 하, 나……
마지막 이파리 떨어져 미미한 향기와 목소리는 잠겨도
내 노래는 더욱 깊은 메아리로 하늘까지 울립니다.
위 두어렁셩 다롱디리 덩더둥셩 다롱디리……

어긔야, 사랑을 다하여 사랑한 내 사랑
마침내 사랑이 되어 버린 내 사랑
아즐가, 천 년의 가시버시 천 년의 가시버시……

호위무사를 위한 별사
— '작가의 말'을 대신하여

아즐가, 삶은 무엇인가?
늘 되물어도 답이 없는 질문을
나는 어려서부터 혹처럼 달고 태어났나 봐.

세상살이엔 크고 작은 즐거움과 기쁨도 많지.
남보다 빼어나 부러움을 사고 자랑을 하고
타인 위에 서서 호령하고
베풀고 돌보는 즐거움, 보람
사랑받고 존경받는 기쁨도 있지.
뛰어난 학문과 작품으로 이름을 드날리고,
짜릿한 사랑과 유쾌한 모험도 얼마나 좋아.
얄리 얄리 얄라셩 얄라리 얄라……

하지만 그 어떤 것도 나를 만족시키지는 못 했지.
최고의 무사, 최상의 권력자, 학자, 예술가,
또는 이름 없는 착한 아이나 꿈 많은 소년……
거듭 거듭 태어나 이 땅 위에 사는 동안
마음 한 구석은 늘 비어 있었어.
그 빈 곳은 그 어느 것으로도 채울 수 없었어.
그것은 이번 생애에 주어진 형벌인지도 몰라.

나는 떠나야 했어.
어디로 가야 할지
무엇을 찾아야 할지도 모르면서
구름처럼 떠돌았어.
강물처럼 떠돌았어.
도시의 구석구석을
유리창을 두드리는 부나비로 맴돌다
수많은 산을 넘고 강을 건너
바다까지 갔으나
역시 답을 찾지 못했지.

아즐가, 그러다가 발견했어.
하늘과 땅을 연결한 사다리 같은 나무 한 그루
천 년 세월을 한 자리에서
한 가지 질문과 한 가지 대답만을 기다린 듯
묵묵히 선 태백산 주목나무.
거기서 나는 번개처럼 보았어.
지나간 나의 거듭된 생애들과
돌고 돌아 온 먼 길과
가슴 저리게 한숨짓던 일들이
순간의 번개에 환희 드러났고,
나는 놓치지 않고 보았어.
가슴 한 구석이 왜 항상 비어 있었는지 깨달았어.

주목나무는 천 년 세월의 시간과
하늘과 땅의 공간을 연결하며
텅 빈 온몸 가득 하늘을 채우고 있었어.
그의 빈 몸을 통해 보는 하늘은
티 없이 맑고 높았지만
그와 합일하는 순간
나의 빈 가슴에도 하늘이 채워졌어.

아즐가, 그것은 바로 사랑이었어.
영원하고 변함없는 사랑이었어.

더러둥셩 다리러디러……
나는 노래하고 싶었어.
사랑을 노래하고 싶었어.
그저 그런 사랑이 아니야.
욕망에 사로잡힌 그런 사랑이 아니야.
하늘같은 사랑을 노래하고 싶었어.
그런 사랑을 할 수 없어서
그렇게 노래라도 하고 싶었는지 몰라.
노래는 나의 간절한 기도가 되고
이윽고 나도 그런 사랑을 하기를 바라며,
그리하여 나도 그런 사랑이 되기를 바라며
다롱디리 우셔마득 사리마득 너즈세……

2008년 가을, 월악산 관영재 모퉁이에
어린 주목나무 한 그루 심어 두고
현동 박윤규

박 윤 규

1963년 경남 산청에서 태어나 중앙대학교에서 문예창작을 공부했다. '오월문학상'에 소설이, '세계일보 신춘문예'에 시가 각각 당선되면서 본격적인 활동을 시작했다. 삶과 역사에 대한 깊은 의문과 질문을 화두로 삼은 여행기가 곧 그의 글쓰기라고 한다. 청소년소설 『내 이름엔 별이 있다』, 『황금나무』, 동화 『산왕 부루』, 『버들붕어 하킴』, 『뿔쇠똥구리의 꿈』을 비롯해 『첫 임금 이야기』, 『명재상 이야기』 등 총 다섯 권으로 이루어질 〈인물로 보는 우리 역사〉 시리즈와 역사서 『재상』, 고전 『운영전』, 『우리 조상들은 어떻게 사랑을 했을까?』, 동화창작이론서 『태초에 동화가 있었다』 등 다양한 장르의 책을 펴냈다.